A Lídia

# Sapo y Yuku

## Un cuento yaqui

Versión de Judy Goldman
Ilustraciones de Arno Avilés

PROGRESO
EDITORIAL ®

Los hombres y mujeres observaron con preocupación el cielo.

Día tras día, el sol había brillado sin tregua y ni una gota de lluvia había caído. Todos, incluyendo los animales, tenían sed y en los campos las cosechas morían en la tierra agrietada.

El jefe dijo:

—Por mucho tiempo hemos rezado a Yuku, el dios de la lluvia, pero como si estuviera sordo, no nos ha escuchado. Si él no viene, no habrá más remedio que dejar nuestras tierras ancestrales para buscar agua y comida. Alguien debe pedirle que traiga lluvia.

Un gorrión se ofreció.

Batiendo sus alas, voló hasta que vio una gran nube. Al entrar en ella encontró al dios y le dijo:

—Estamos tristes porque no nos has visitado en mucho tiempo. He venido a pedir lluvia para que crezcan las cosechas y para que nos quedemos en nuestro pueblo.

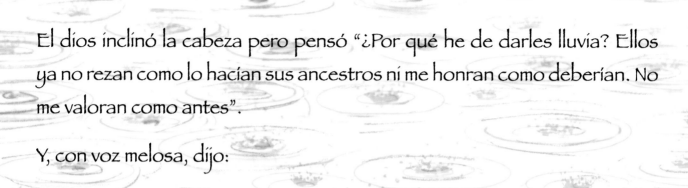

El dios inclinó la cabeza pero pensó "¿Por qué he de darles lluvia? Ellos ya no rezan como lo hacían sus ancestros ni me honran como deberían. No me valoran como antes".

Y, con voz melosa, dijo:

—Claro que traeré lluvia. Enséñame el camino y yo te seguiré de cerca.

El gorrión despegó y el dios se convirtió en una nube blanca y voló sobre su cabeza. Pero después de unos minutos la nube se puso gris. Grandes gotas de lluvia cayeron sobre el gorrión y varios rayos tronaron cerca de su cola. Pronto cayó al suelo, totalmente empapado, y el dios regresó a su casa. Ahí, se rió cada vez que pensó en los yaqui.

Cuando el gorrión por fin se arrastró de vuelta al pueblo, la gente decidió mandar a otro mensajero. Escogieron a un alegre correcaminos que corrió por la sierra hasta que llegó a una nube abrazada a la cima de una montaña. El correcaminos brincó adentro de la nube, se acercó al dios y dijo:

—He venido a pedirte que traigas lluvia.

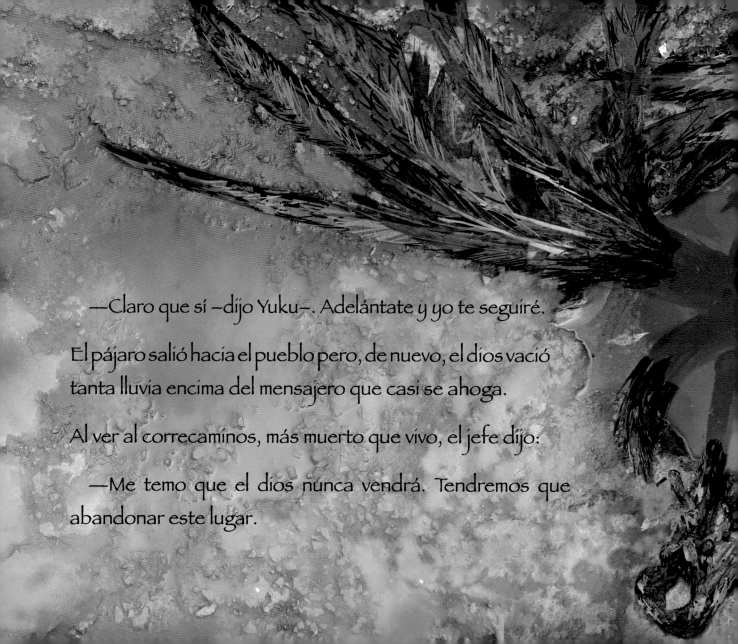

—Claro que sí –dijo Yuku–. Adelántate y yo te seguiré.

El pájaro salió hacia el pueblo pero, de nuevo, el dios vació tanta lluvia encima del mensajero que casi se ahoga.

Al ver al correcaminos, más muerto que vivo, el jefe dijo:

—Me temo que el dios nunca vendrá. Tendremos que abandonar este lugar.

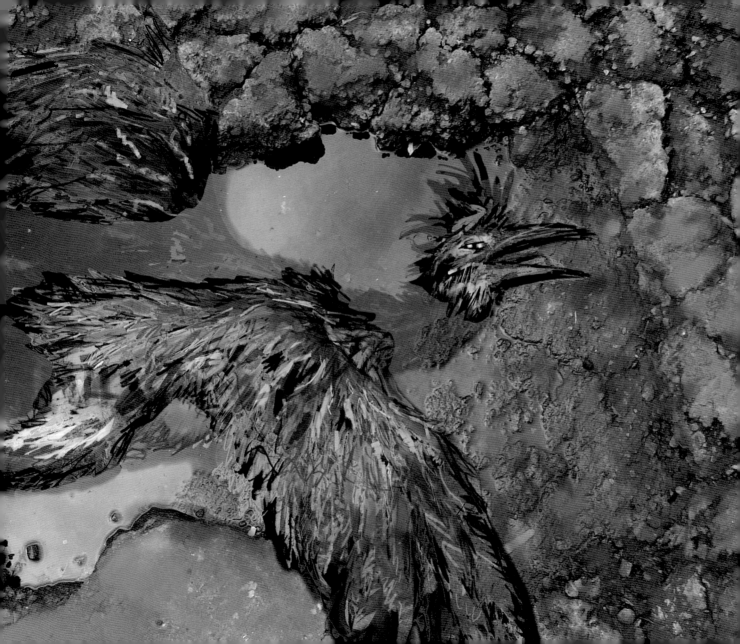

Pero al dar media vuelta para marcharse, un sapo viejo y arrugado, dijo:

—Yo lo iré a ver.

—No servirá de nada —contestó el jefe.

—Debo ir —dijo Sapo—. Mi familia y yo no queremos dejar este lugar donde hemos vivido por varias generaciones.

Y discutieron hasta que el jefe, de manera renuente, le permitió ir.

Sapo tenía un plan. Llamó a sus muchos hijos e hijas.

—El dios de la lluvia es listo pero yo soy más inteligente.
Lo engañaré y le dará tanta vergüenza que nunca más
hará esto. —Murmurando les dijo lo que tenían que
hacer.

Sapo brincó, arriba abajo arriba abajo,
por las montañas hasta que vio
una nube baja.

Tomando mucho impulso saltó tan alto que aterrizó a la mitad de ella. Cuando encontró a Yuku le dijo:

—Poderoso señor, ¿me seguirás y traerás lluvia?

—Claro —dijo el dios de manera agradable.

—Acompáñame
—dijo Sapo— y, por si acaso me pierdes de
vista, cantaré para que sepas dónde estoy.

Sapo brincó a la cumbre de una montaña y se fue saltando,
cantando y croando a todo pulmón.

El dios pensó "Me desharé de Sapo. Entonces, de una vez por todas, sabrán que nunca lloveré sobre ellos".

Se volvió una nube tan oscura como las sombras. Empezaron a caer grandes gotas de lluvia que pronto se convirtieron en un fuerte aguacero.

Con un gran rayo en la mano, el dios apuntó al sapo. Lo aventó y, ¡pum!, vio cómo golpeaba algo.

Sonrió cuando, al desaparecer las chispas, no vio a Sapo.

Pero de repente oyó:

—¡Croac! –y se detuvo.

—¡No puede ser! ¡Sapo sigue cantando! –exclamó.

Se dirigió hacia el sonido
y, muy abajo, vio a Sapo
brincando por el camino.
Yuku lanzó un rayo
más grande y cuando
buscó su presa
y de nuevo no lo vio,
pensó "Esta vez lo logré".

Pero, en ese momento más adelante en el sendero oyó.

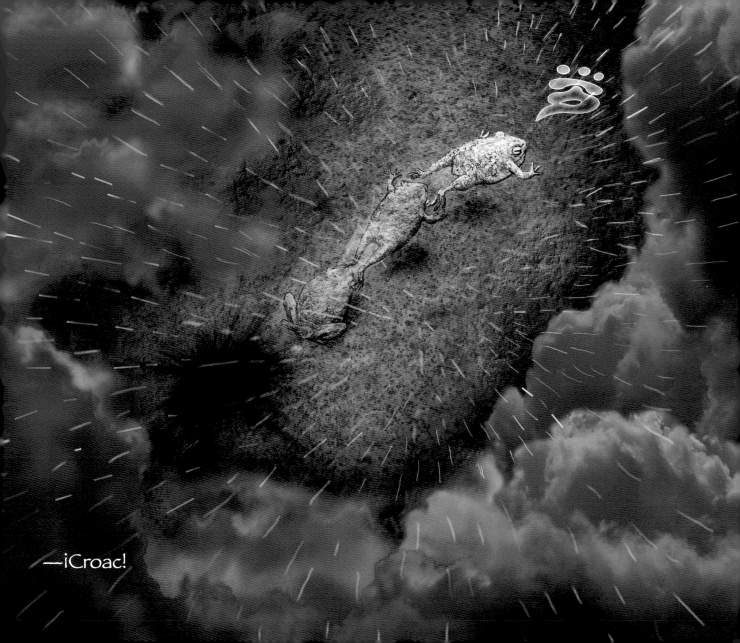

—¡Croac!

El dios
persiguió a
Sapo, lanzando
un rayo tras otro.

Estaba tan enojado
que nunca se dio cuenta

que los muchos hijos e hijas de Sapo, escondidos en el camino, lo estaban guiando hacia el pueblo. Cuando uno veía la nube acercarse, decía — ¡Croac! –y luego, para evitar los rayos, se escondía debajo de una piedra o adentro de un tronco hueco. El siguiente en línea seguía el canto.

El dios de la lluvia descendió de las montañas, lloviendo y tronando por todo el camino, siguiendo a los sapos cantores, sin percatarse de que se estaba acercando al pueblo. Antes de que se diera cuenta, estaba allí.

Al caer la lluvia, la tierra
sedienta absorbió el agua y
todos salieron a bailar.

Los sapos se agruparon alrededor de
su padre y, al verlos, Yuku se dio cuenta
que lo habían engañado.

Desde entonces, cuando falta agua Sapo y
su familia se juntan para cantar.

Y, en cuanto los oye, el dios de la lluvia aparece y
llueve sobre el pueblo.

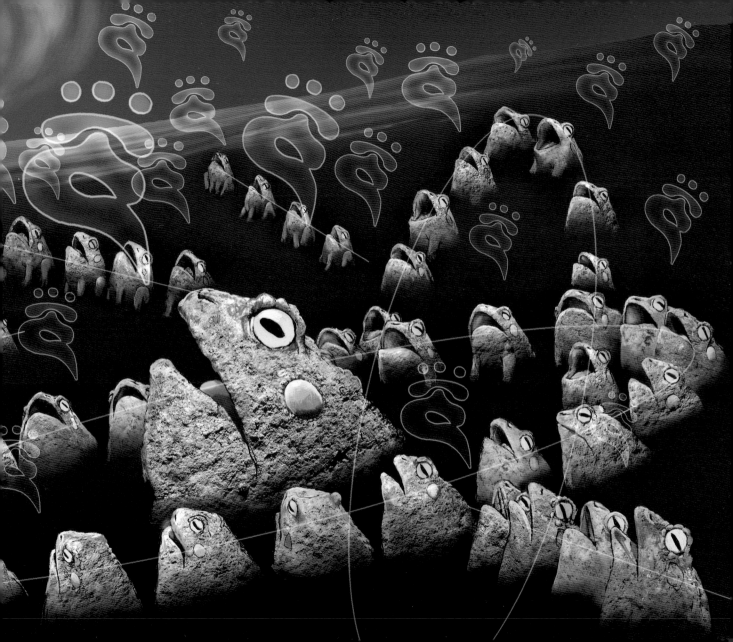

YO OCT 25 2016

Se terminó la impresión de Sapo y Yuku en octubre
de 2009 en los talleres de Editorial Progreso, S. A. de C. V.
Naranjo No. 248, Col. Santa María la Ribera
Delegación Cuauhtémoc, C. P. 06400, México, D. F.

Desarrollo editorial: Víctor Guzmán Zúñiga
Dirección editorial: Eva Gardenal Crivisqui
Edición: Ariel Hernández Sánchez
Dirección de diseño: Rigoberto Rosales Alva
Diseño de portada e interiores: Miguel Ángel Monterrubio Moreno
Ilustración: Arno Avilés Pallares

*Sapo y Yuku. Un cuento yaqui*
*(Colección Petate)*

ISBN: 978-607-456-193-7

Miembro de la Cámara Nacional de la Industria Editorial Mexicana
Registro núm. 232

teléfono: 1946-0620
fax:      1946-0655
e-mail: eva_literatura@editorialprogreso.com.mx
e-mail: servicioalcliente@editorialprogreso.com.mx

Impreso en México
*Printed in Mexico*

**1ª edición: 2009**

PROGRESO
EDITORIAL ®